Aminata, a tagarela

texto e ilustrações

Maté

4ª reimpressão

Copyright do texto e das ilustrações © Maté, 2015.

Todos os direitos reservados.
Nenhuma parte desta obra, protegida por copyright, pode ser reproduzida, armazenada ou transmitida de alguma forma ou por algum meio, seja eletrônico ou mecânico, inclusive fotocópia e gravação, ou por qualquer outro sistema de informação, sem prévia autorização por escrito da editora.

Revisão: Fernanda A. Umile e Karina Danza

Impressão: Corprint
Reimpresso em fevereiro de 2020

Capa: Cartão 300 g
Miolo: Couchê 150 g

CIP-BRASIL. CATALOGAÇÃO-NA-FONTE
SINDICATO NACIONAL DOS EDITORES DE LIVROS, RJ

M377a

  Maté, 1959-
    Aminata, a tagarela / texto e ilustrações Maté. - 1. ed. - São Paulo : Escarlate, 2015.

    48 p. : il. ; 26 cm.
    ISBN 978-85-8382-016-1

    1. Literatura infantojuvenil brasileira. I. Título.

14-16642   CDD: 028.5
                                           CDU: 087.5
07/10/2014   07/10/2014

Este livro segue o Novo Acordo Ortográfico da Língua Portuguesa.

Direitos reservados para todo o território nacional pela
SDS Editora de Livros Ltda.
Rua Mourato Coelho, 1215 (Fundos) – Vila Madalena – CEP: 05417-012
São Paulo – SP – Brasil – Tel.: (11) 3032-7603
www.brinquebook.com.br/escarlate – edescarlate@edescarlate.com.br

Sumário

Campos de nuvens 7

Djoliba 11

A palavra dos homens 19

Nakuntê, a sábia 23

O segredo das mulheres 31

O tecido da vida 35

Epílogo 38

Glossário em português 41

Glossário em *bamanankan* 42

A arte do *bogolan* 44

Decodificando segredos 46

A autora 48

Referências bibliográficas 48

"Uma vida longa é tecida de muitas possibilidades."
Provérbio Bamana

Campos de nuvens

No país *Bamana*, a estação seca estava se despedindo. Em todos os vilarejos, as moças se apressavam em colher o algodão antes da chegada das águas. De manhãzinha, o calor já pesava, mas as mãos não paravam de encher cestos e mais cestos com flocos de nuvem.

No povoado de Kulukulu, uma menina de olhos espertos acompanhava as irmãs na colheita. Neta de Nakuntê e quarta filha de Nielê, a pequena era a caçula do tecelão Amadu. Chamavam-na de Aminata, a tagarela. Porque, quando as palavras começavam a sair de sua boca, pareciam um enxame de mosquitos a perturbar o sossego dos outros.

Como de costume, ela perguntava sobre tudo e todos, sem esperar pelas respostas. Pelo simples prazer de dar asas aos pensamentos é que ela os lançava aos quatro ventos.

— Como o algodão pode ser tão branco e macio se nasceu de uma semente tão negra e tão dura?

A pergunta ficou pairando no ar, sem solução. Mas as ideias não paravam de desabrochar na mente da menina e precisavam sair, se espalhar, como sementes voadoras.

— Pensando bem, será que as nuvens são feitas de algodão? Não podem ser de neve. Desde que o mundo existe, aqui nunca nevou.

Sentia sede e calor.

— E a neve? Quem sabe o gosto que ela tem? Ah, se eu pudesse, inventava uma roupa mágica. Tecida de neve e de nuvens. E costurada com fio de lua.

— Quanta bobagem, menina! Pare de tagarelar e comece logo a trabalhar. Não colheu quase nada. Parece até doida, falando sozinha.

Fatu era a primogênita e vivia corrigindo a caçula. As irmãs do meio, Niá e Diominê, contentavam-se em observar. Achavam melhor não se intrometer. Mas Aminata parecia não ouvir, perdida em seus devaneios.

— Aonde vão as nuvens quando elas nos abandonam? E por que demoram tanto para voltar? Será que de cima elas não veem que nossas cabras estão morrendo de sede? Que o rio está tão raso que tenho de andar a manhã inteira carregando água?

Ela se queixava em voz alta, mas ninguém lhe dava muita atenção. A vida das mulheres era assim mesmo, e o trabalho precisava ser feito.

Desanimada, Aminata quis saber:

— Demora muito para encher um cesto grande? E um menor como o meu, demora quanto?

Como as irmãs não respondiam, ela trocou o fio de sua conversa.

— Fatu, é verdade que você gosta de alguém? Como é que ele se chama mesmo? É de Kulukulu, não é? Não seria Boukary, o filho da vizinha?

A fofoca atraiu a atenção das outras moças ao redor. Para se livrar logo da tagarela, Fatu derramou metade do seu algodão no cesto da menina.

— Pronto, irmãzinha, está cheio. Agora pegue-o e leve para nossa mãe. Chispa daqui, já!

Mas agora Aminata tinha uma plateia e Fatu não perdia por esperar. Se as palavras podiam machucar, ela ia dar uma bela ferroada naquela mandona.

— Como diz o provérbio, Fatu: "Amar quem não te ama é amar a chuva que cai na floresta" — e remendou a menina, com a dose certa de veneno na voz: — Passarinhos me contaram que o Boukary gosta mesmo é da Konimba.

Os gritos e os risos ecoaram à sua volta. O mexerico circulou de boca em boca e espalhou-se pela plantação inteira. Aminata saboreava seu sucesso. Ela era, finalmente, o centro das atenções. Ia continuar, mas um tom metálico na voz baixa de Fatu a fez se calar na hora.

— Aminata, vá embora para casa, agora! Ou você vai apanhar na frente de todo mundo, para aprender a respeitar sua irmã mais velha. *Xô!* Sua praga!

Cabisbaixa, a menina pegou o cesto e afastou-se. Dessa vez, ela tinha exagerado. Lembrou-se de outro provérbio: "As lágrimas não se veem debaixo da chuva". Queria que chovesse agora, para poder chorar.

Na trilha de volta para casa, cruzou com o magro rebanho da aldeia. As cabras pastavam entre os tufos de grama marrom. Perto das mães, três cabritinhos davam suas graciosas cabriolas.

— Não é minha culpa se o Boukary não gosta da Fatu — resmungou a menina. Equilibrou o cesto de algodão no alto da cabeça e apertou o passo.

Djoliba

Aminata encontrou sua mãe no pátio da pequena concessão familiar, sentada à sombra do carité. Debaixo das roupas soltas e coloridas, a gravidez mal se notava. Ela fiava enquanto vigiava a comida no fogão de terra. Aminata cumprimentou a mãe e entregou-lhe o cesto. Colocou-se de cócoras e ficou observando como o fio de algodão nascia entre os dedos habilidosos de Nielê.

— Mãe, você me ensina a fiar?

— Ensino, filhinha. Mas não agora, preciso de ajuda. Separe todas as sementes do algodão que você trouxe e guarde na minha caixinha de madeira.

— Mas, mãe, é muito chato! As sementes ficam escapulindo e caindo no chão.

— Filha, preste atenção. Essas sementes são para replantar nosso algodão no ano que vem. Ou será que você acha que ele brota sozinho?

As culturas de sorgo, milhete e a pequena horta eram para o sustento da família. Somente o algodão trazia algum dinheiro. A menina permaneceu quieta. A mãe estranhou sua falta de argumentos. Alguma coisa devia ter acontecido. Sua caçula vivia batendo de frente com as irmãs. Também! Além de tagarela, ela vivia com a cabeça nas nuvens. É verdade que tinha certo talento com as palavras. E até sabia contar uma piada. Mas isso não ajudaria na hora de arrumar um bom marido...

Nielê tentou animar sua caçula.

— Enquanto você descaroça o algodão, conto uma história para você.

— Então, mãe, conte-me a história de Djoliba, para o tempo passar mais depressa.

— De novo, Aminata? Mas já te contei essa mais de mil vezes!

— Conte, mãe. É a minha preferida. A que me faz sonhar.

— Então, preste atenção, que já vai começar.

— Era uma vez uma velha que tinha um touro muito gordo e muito manso. Acontece que as chuvas atrasaram e todos na aldeia começaram a passar fome. O chefe pediu permissão à velha para matar o touro e distribuir a carne entre os aldeões. Mas a velha não quis. Ela criava o animal desde bezerrinho e gostava muito dele.

— Mãe, como se chamava o touro? Você nunca falou.

— Eu não sei, filha, a história não diz.

— Então, vou chamá-lo de Akabon, porque devia ser muito grande para dar de comer a uma aldeia inteira.

— Está bem, mas não pode parar de descaroçar, senão eu paro de contar.

Enquanto Nielê falava, suas mãos continuavam a fiar o algodão. A mão esquerda torcia as fibras e a direita girava o fuso onde o fio se enrolava. De vez em quando, num gesto muito rápido, os dedos que seguravam o fuso iam buscar um pouco de cinzas numa cabaça para deslizarem melhor.

— Então, o chefe da aldeia mandou que matassem Akabon, mesmo sem a permissão da velha. Mas nenhuma faca conseguia perfurar seu couro. O chefe foi contar ao rei o que estava acontecendo.

Aminata se animou:

— Como diz o provérbio: "Os reis têm a orelha comprida e os braços mais compridos ainda". Eles tudo sabem e tudo podem.

A mãe sorriu e continuou:

— O rei convocou a velha com seu touro. Falou que a aldeia inteira estava passando fome e que era o dever dela ajudar as outras famílias. Ordenou que ela tirasse o feitiço que impedia de matar o animal. Dessa vez, a velha teve de obedecer, mas pediu para ficar com toda a gordura do touro, que ela guardou num grande pote de barro.

— Nossa, mataram o Akabon! Será que ele sofreu muito?

A mãe pensou um pouco e disse:

— A faca do açougueiro real era tão afiada, e ele era tão habilidoso, que Akabon morreu sorrindo, feliz em se sacrificar pela aldeia.

— Duvido muito! Eu acho que a velha ficou com pena dele e fez outro feitiço para ele não sentir nada e entrar logo no paraíso dos touros.

A mãe riu com os olhos.

— A velha tinha guardado o pote na cozinha e, toda noite, a gordura derretia e escorria pelo chão, transformando-se numa linda moça que saía varrendo e limpando a casinha da velha. Mas, quando o sol nascia, a moça voltava para o pote, onde derretia e virava gordura outra vez.

— E a velha não desconfiou de nada? Parecia ser tão esperta.

— Pois é, um dia ela fingiu que estava dormindo, mas ficou espiando pelo canto do olho. De repente, viu a gordura se transformando em moça. Toda contente, foi até a cozinha agradecer pela ajuda. A bela garota revelou que a luz do sol a queimava. A velhinha então tapou todas as janelas de sua casa, para que a jovem não virasse gordura ao nascer do dia. A moça gostou e continuou morando com ela como se fosse sua filha. Mas o povo da aldeia era bisbilhoteiro. Em uma noite de lua cheia, alguns jovens olharam pelas frestas da choupana e viram a desconhecida. E contaram para todo mundo sobre sua formosura.

Aminata estava atenta. Sua mãe sabia que agora vinha a parte da história que ela mais gostava.

— Então, os pretendentes começaram a chegar de todos os cantos do reino para pedir a moça em casamento. Mas a velha não queria saber de nada. Até que um rapaz de família nobre foi se queixar ao rei. Disse que uma beldade morava na casa da velha, mas que ela não queria casá-la com ninguém. O rei era curioso e quis ver com os próprios olhos. Foi visitar a velhinha, que o recebeu. Quando falou com a moça na penumbra da casinha, apaixonou-se ali mesmo e decidiu casar com ela.

Aminata suspirava, imaginando o encontro do rei com a bela jovem, a primeira troca de olhares... A mãe se divertia com as reações da filha. Ainda assim, disse-lhe que era para ela continuar a separar as sementes do montinho de algodão. A menina retomou a fastidiosa tarefa e Nielê continuou a história.

— Então, o rei quis casar com a bela moça, fazendo dela sua terceira esposa.

— Terceira esposa, hum!

Aminata sempre resmungava quando a história chegava nesse ponto. Na tradição do seu povo, um homem podia se casar com várias mulheres. Mas Nielê era a primeira e única esposa de seu pai. Os dois se amavam muito. Contudo, eles tinham quatro filhas e nenhum menino ainda. Aminata sabia que a família do pai pressionava para que ele tomasse uma segunda esposa mais jovem...

— A bela moça fez o rei prometer que ela jamais deveria ver a luz do sol, sob pena de acontecer uma desgraça. O rei prometeu e instalou sua nova rainha numa ala do palácio, ordenando que pregassem tábuas em todas as janelas. O casal apaixonado passou ali muitos meses felizes, e isso deixou as outras rainhas doentes de ciúme. Certo dia, quando o rei precisou viajar, elas mandaram despregar todas as tábuas, e a claridade inundou o quarto onde a bela esperava o retorno do seu amor. Na mesma hora, ela derreteu feito gordura, escorrendo pelo piso do palácio até descer ao vale, onde se transformou num grande rio de águas vermelhas, o Djoliba.

Como de costume, a mãe deixou que Aminata contasse o final da história, que a menina sabia de cor:

— Quando o rei voltou, ele enlouqueceu de dor e jogou-se no rio, onde se transformou em hipopótamo. As duas esposas ciumentas, que deviam seguir o marido para todo o sempre, entraram nas águas e foram também transformadas: uma em peixe e a outra em crocodilo. Por isso dizem que o Djoliba afaga os hipopótamos enquanto os crocodilos observam calados e os peixes fogem para bem longe.

A palavra dos homens

Na mão em concha de Aminata, o punhadinho de sementes negras era leve. Se Deus assim o quisesse e as chuvas caíssem no tempo certo, cada uma daquelas sementes germinaria no escuro da terra. Depois, muito devagar, brotariam talos e folhas verdes até encher toda a plantação. Com o passar dos dias, viria a surpresa das flores e depois o milagre dos frutos, crescendo até arrebentarem em pequenas nuvens fofas presas aos ramos ressequidos. A menina derramou com cuidado as preciosas sementes dentro da caixinha de madeira e fechou a tampa.

— Mãe, a história acabou e eu acabei também.

— Muito bem, Aminata. Agora leve esses novelos de fio de algodão para o seu pai. E diga a ele que eu estou bem. Na volta, passe na casa de Nakuntê para apanhar umas mangas maduras e venha logo para cá.

Com o cesto balançando sobre a cabeça, Aminata andou até a pracinha onde os homens tinham seus teares, debaixo do velho baobá de Kulukulu. Seu pai, um dos melhores tecelões da aldeia, estava instalado em um dos cantos da frágil cobertura de palha que os protegia do sol. Enquanto os outros homens teciam, cantando e conversando, ele permanecia em silêncio, concentrado no trabalho. Aminata ainda era criança, mas ela já sabia que se o pai estava ali, meio afastado, era porque ainda não tinha um filho homem.

Amadu pedalava seu tear e, a cada passada, a polia rangia.

Nhec-nhec! *Nhec-nhec*! Uns fios subiam e outros desciam, e, no vão entre eles, corria a lançadeira carregada de fio. O tear, feito uma boca, mastigava e cuspia sem parar uma fina faixa de tecido de algodão. Aminata saudou o pai e deixou cair o pequeno cesto ao pé da engenhoca.

— Mamãe mandou estes novelos para o senhor.

— Obrigado, Aminata. E como vai sua mãe?

Amadu se preocupava com Nielê. Ela já estava no quinto mês de gravidez, mas ele não queria comentar abertamente o fato, para não atrair má sorte.

— Minha mãe mandou dizer que está bem e que o senhor não precisa se preocupar. Eu estava com ela, descaroçando o algodão, e ela me contou a história do rio. Sabe, pai, do rei que tinha três esposas. Essa história não acabou muito bem, ele virou um hipopótamo...

O pai sorriu. Sabia muito bem o que sua caçula queria dizer.

— Pai, um dia, você me ensina a tecer?

Como o pai não respondia, a menina repetiu a pergunta mais alto.

— Pai, você, algum dia, me ensina a tecer? Acho tão bonito. Parece difícil, mas eu queria tanto aprender.

Os outros tecelões começaram a olhar esquisito para eles. Amadu não se importou e falou calmamente para Aminata:

— Querida, não posso, você sabe que na nossa aldeia somente os homens têm permissão para tecer.

— Mas por que isso, pai? Por que as mulheres não podem tecer?

Quando o pai ia responder para a menina, Kafará, um velho seco de barba branca que era tio de Amadu, levantou-se e ordenou:

— Mande essa tagarela para casa, Amadu, suas palavras sem sentido vão estragar nossos tecidos. Bem se vê que é neta de Nakuntê!

Na África, palavra de ancião não se discute. Sobretudo se for um parente. Amadu chamou sua filha e falou suavemente:

— Leve este rolo de tecido para Nakuntê e, por favor, não volte mais aqui.

Nakuntê, a sábia

A avó de Aminata morava num lugar um pouco afastado da aldeia, perto da beira do rio. Ali havia uma lama rica em ferro que ela usava para pintar seus *bogolanfini*. Os tecidos, lindamente decorados, eram muito procurados, até por gente da cidade. Graças à arte da avó, a família de Aminata não passava fome, mesmo no tempo da seca.

No caminho que levava até a casa de Nakuntê, erguia-se uma velha palmeira, lar de uma colônia de pássaros tecelões. Sempre que passava por ali, Aminata gostava de olhar as aves entrelaçando as palhinhas com o bico para tecer seus ninhos. A menina parou a poucos metros da palmeira para se acalmar um pouco. Ela estava magoada e confusa. "Suas palavras sem sentido vão estragar nossos tecidos." A fala do ancião ressoava em sua mente e ela se lembrava do rosto do pai mandando-a embora. Até os pequenos tecelões, sempre tão pacatos, pareciam incomodados com sua presença: eles piavam sem parar e davam rasantes por cima de sua cabeça.

— Vocês estão me expulsando também?! Mas o que foi que eu fiz?

De repente, ela ouviu um barulho no meio do mato, alguma coisa se arrastando, galhos estalando. A trilha passava perto do rio e, às vezes, os crocodilos andavam na margem em busca de alguma presa... Apavorada, Aminata largou o cesto no caminho e disparou até a casa da avó. Ela podia ser a mais tagarela, mas, quando queria, era capaz de correr bem depressa.

— Vó, vó, abre para mim, vó! Abre! — gritava Aminata, enquanto esmurrava a porta trancada.

— Dê a volta, estou atrás da casa, mas olhe onde pisa — gritou de longe a avó.

No chão do terreiro coberto de areia branca, vários tecidos de cor amarela secavam. Feitos de pequenas faixas de algodão costuradas uma a uma, os grandes panos já tinham recebido o primeiro banho de *ngalama* e esperavam para serem pintados. Mesmo tremendo, Aminata tomou muito cuidado para não pisar neles. Não queria aborrecer sua avó.

Uma pintora de *bogolan* precisa ter a mão firme. Uma vez aplicada, a lama reage com o tecido e um risco torto ou um respingo não podem ser apagados. Nakuntê estava desenhando motivos complicados. Terminou calmamente de traçar uma linha em zigue-zague, levantou o rosto e olhou fixamente para a neta.

— O que aconteceu com você? Parece que perdeu a fala. Nem a reconheço. Vejo que seu coração está triste e seu espírito, agitado. Você envelheceu.

Esse era o jeito de ser de Nakuntê e por isso alguns anciões da aldeia não gostavam dela. Sem ousar chamá-la de feiticeira, diziam que ela enxergava dentro das pessoas. Inventavam até que ela tinha aprisionado um *jiné*, um gênio, que a servia. Era ele e não ela quem pintava os lindos *bogolanfini*. Era ele também quem nunca deixava faltar água no seu poço. As acusações de feitiçaria eram repetidas por um punhado de invejosos, liderados por seu cunhado Kafará. Desde a viuvez de Nakuntê, o ancião fazia de tudo para expulsá-la e ficar com sua terra. Ainda bem que, para o restante dos aldeões, Nakuntê era uma mulher sábia que dava bons conselhos.

Aminata deixou escapar uma torrente de palavras e de lágrimas. Aos trancos e soluços, a menina contou tudo para Na-

kuntê. Falou de Kafará, que a acusava de estragar os tecidos, e falou da reação do pai, dos pássaros tecelões e do crocodilo. Contou até da briga com Fatu por causa de Boukary. Sentia-se confusa, parecia que todos estavam contra ela. Não entendia mais nada. Tinha medo. E se a mãe tivesse outra menina? O pai teria de tomar outra esposa? A avó precisava ajudá-la, explicar o que estava acontecendo.

— Aminata, você não tinha algo para mim? — perguntou suavemente a velhinha.

A menina pensou um pouco para responder:

— Sim, vó. Um rolo de tecido que meu pai mandou. Estava no meu cesto. Larguei tudo quando veio o crocodilo.

— Vamos comigo buscar o cesto.

Nakuntê deu a mão para a neta e as duas refizeram o caminho de volta. Ambas tinham a mesma altura e, de longe, pareciam duas meninas. Chegaram perto da palmeira onde os pássaros tecelões estavam quietos agora. No meio da trilha, acharam o cesto com o rolo de tecido dentro. Em volta, as pegadas de um animal, talvez um lagarto, que tinha parado para farejar os objetos. Sobre a faixa de algodão, tinha deixado uma pequena marca com a pata suja de barro. No chão, algumas cascas de ovo quebradas ajudavam a desvendar o acontecido e por que as aves haviam ficado tão agitadas.

— O que você acha, minha neta? Crocodilo esquisito esse. Como bem diz o provérbio: "O cão da juventude corre depressa, mas o cão da velhice conhece melhor a floresta"...

Aminata deu risada. Depois ficou séria e perguntou:

— Vó, ainda não sei o que o velho Kafará quis dizer. Por que as minhas palavras poderiam estragar os tecidos? E por que não posso aprender a tecer?

Nakuntê suspirou. Falar de Kafará sempre a deixava um pouco triste.

— Temos outro provérbio: "Cada panela tem sua concha". Significa que cada família e cada aldeia têm seus costumes. Aqui, em Kulukulu, a mulher fia e o homem tece. Um complementa o outro. Kafará estava defendendo a tradição. Sabe o que dizem os anciões? Que quando o Espírito Criador ensinou os homens a falar, ao mesmo tempo os ensinou a tecer. As palavras sagradas ficaram presas entre os fios de algodão que ele tecia entre os dentes. Por isso, acreditamos que o rangido do tear

é como um eco. Se o tecelão canta enquanto trabalha, é para juntar sua voz à voz dos ancestrais e fabricar um tecido que vai proteger quem o vestir. Ele tem uma canção para cada um: para a mulher que vai dar à luz, para o homem que sai para caçar, para o morto que volta à terra dos antepassados. Quando o sol se põe, o tecelão deve parar de tecer, senão as sombras da noite entrarão na trama do seu tecido.

Aminata entendia agora por que o ancião havia ordenado que ela fosse embora. Ele tivera medo de que sua tagarelice calasse a voz dos ancestrais e ficasse presa nos tecidos de Kulukulu.

— Vó, por que Kafará tem tanta raiva da senhora?

— Não é raiva, menina. Só mágoa.

Dito isso, Nakuntê se calou. Era como um véu caído em volta dela. As duas voltaram em silêncio para a casinha à margem do rio.

O segredo das mulheres

Observando a neta que caminhava quieta ao seu lado, Nakuntê se decidiu. A menina estava pronta. Em frente à casa, ela anunciou:

— Você vai ficar comigo esta tarde. Vamos comer e depois pintar *bogolan*.

Era uma surpresa e tanto. E uma grande honra. Aminata engoliu depressa a comida preparada pela avó e foi lavar as mãos no poço. Depois, foi com ela até o terreiro onde os panos esperavam.

— Os homens têm seu conhecimento secreto, mas as mulheres também têm. Dizem que o *bogolan* foi inventado pela mulher de um caçador. Naqueles tempos, as roupas de algodão eram tingidas de amarelo com *ngalama*, uma planta que ajuda a cicatrizar as feridas e a estancar o sangue. O marido estava caçando um antílope, mas tropeçou numa poça de lama escura do rio Djoliba. O bicho fugiu e o caçador voltou para casa com sua roupa nova toda manchada de preto. Por mais que a mulher lavasse a roupa, a sujeira não saía. Então, a mulher teve uma ideia. Pediu ao marido que trouxesse mais daquela lama e começou a cobrir a roupa com lindos desenhos para esconder as manchas. Ficou tão bonito que todas as mulheres começaram a pintar daquele jeito.

— Vó, e os desenhos? O que eles significam? São mágicos?

— Nossos desenhos falam da vida das mulheres, dos perigos

31

e dos bichos na beira do caminho. Eles contam a nossa história. Quando uma mulher se cala, sua roupa continua falando por ela.

Nakuntê começou a explicar cada desenho do tecido que ela estava decorando.

— Vê, Aminata, essa fileira de triângulos? São as marcas deixadas pelos cascos das cabras. Significa que enquanto tiver marcas de cabras na trilha, a mulher que anda sozinha no mato está segura. Quando as marcas dos animais selvagens começam a se misturar com as marcas das cabras, a mulher precisa ficar atenta, ela está muito longe de casa e da família.

— E esta linha toda torta, vó? É de algum bicho também?

— Não, minha neta, este desenho se chama "o caminho de volta do homem que emprestou dos vizinhos e não pagou suas dívidas". Para voltar para casa, ele precisa se esconder. Desvia de um, desvia de outro. Assim é o destino das pessoas desonestas.

— E esse outro desenho, meio escondido no canto?

— Este, querida, não posso te contar. É um segredo só meu. Cada pintora tem um desenho secreto. Algo muito importante para ela nunca esquecer.

Depois, Nakuntê mostrou como usar as ferramentas para pintar com a tinta de lama. Uma era para traçar as linhas retas e outra para as curvas. Devagar, Aminata foi aprendendo a desenhar o motivo da rolinha, da serpente, da pantera, do crocodilo e muitos outros ainda. Por fim, a menina recebeu da avó um pedaço de pano preparado para pintar seu primeiro *bogolanfini*.

A princípio, Aminata ficou sem saber o que fazer, mas, depois de refletir um pouco, foi relembrando tudo o que havia acontecido naquele dia. Traçou no centro do tecido um quadrado com um campo cheio de flores de algodão. De cada lado, colocou a silhueta de um crocodilo sobre a areia, depois um rastro de patas de pássaros e uma trilha de cascos de cabras. Por fim, enchendo todo o espaço das bordas, desenhou um mar de pequenos círculos, símbolos do amor e da proteção da família.

O tecido da vida

Pintar um *bogolanfini* é demorado e Aminata passou muitas tardes na casa da avó, cobrindo cuidadosamente os espaços entre os desenhos que ela tinha traçado. Era preciso lavar, secar e repintar o pano várias vezes para conseguir um belo tom escuro. Enquanto isso, Nakuntê lhe ensinava outros desenhos, outras histórias e outros segredos das mulheres. Assim que o primeiro *bogolanfini* ficou pronto, a avó pediu sua ajuda para pintar um tecido muito especial: o cobertor que iria envolver e proteger Nielê durante o parto.

Enquanto estava com Nakuntê, Aminata descobriu que a avó deixava uma pequena marionete amarrada no varal onde o cobertor de Nielê secava entre duas lavagens. A marionete era muito antiga, de madeira e trapo. Era um pequeno crocodilo sorridente que abria e fechava a boca. O mecanismo era engenhoso e funcionava ainda. Aminata havia pedido para ficar com o brinquedo, mas Nakuntê dissera que pertencia a outra criança, para deixá-lo no varal, que um dia o verdadeiro dono ia aparecer.

Na família todos já comentavam sobre o cobertor destinado a Nielê. Estava quase pronto e quem o tinha visto dizia que era a coisa mais linda. O velho Kafará ficou sabendo e decidiu atrapalhar. Só lhe faltava agora Nielê ter um filho homem. Amadu ganharia prestígio na família e ajudaria a sogra a guardar sua terra. Ela nunca iria embora. Só de pensar nela, Kafará sentia um gosto de terra na boca. O ancião decidiu ir até a casa de Nakuntê para rasgar o precioso *bogolanfini*. Não se oferecia para alguém um tecido remendado, dava azar. O parto estava se aproximando, não daria tempo de fazer outro.

Era dia de mercado em Kulukulu e ele tinha visto a avó e a neta vendendo mangas na pracinha. Precisava se apressar. Kafará já era idoso, mas hoje andava depressa, movido por uma mágoa antiga. Chegou ao terreiro de Nakuntê. Lá estava a fazenda quase pronta, secando no varal. O velho se aproximou e não pôde deixar de apreciar o trabalho, de uma execução perfeita. Na mão, segurava uma faca afiada.

De repente, descobriu algo inesperado. Deixou cair a faca e sentou-se no chão, espantado. Olhava para uma marionete e a marionete olhava para ele. Reconheceu o pequeno senhor Bama: a cara de crocodilo, o trapo colorido, dois olhos redondos e um sorriso de madeira. Mais forte do que um feitiço, seu antigo brinquedo mergulhava o ancião no rio de suas lembranças. Ela o tinha guardado durante todos esses anos, quem diria? A velha mágoa derreteu feito gordura ao sol e escorreu para fora do seu coração. O rosto de Nakuntê criança dançou em sua mente.

— Conte de novo a história do crocodilo, Kafará.
— De novo, Nakuntê? Acabei de te contar.
— Mas é a minha preferida!

Como Aminata, Nakuntê tinha olhos espertos e era tagarela. Para ela, Kafará imaginava histórias e fabricava marionetes só para fazê-la rir. O riso dela deixava tudo mais bonito. Miudinha e graciosa, ele a chamava de "florzinha de algodão". Mas, um dia, as crianças foram separadas. A família mandou Kafará morar com um tio que negociava

algodão na cidade. Antes de partir, ele havia deixado com Nakuntê sua marionete preferida. Senhor Bama, o crocodilo sorridente. Prometera voltar. Promessa de criança. Os adultos tinham outros planos para eles. Quando ele voltou, muitos anos depois, ela já estava casada. Ele também, com uma sobrinha do tio negociante.

O velho Kafará guardou a faca e tirou do bolso da túnica uma florzinha de algodão que sempre carregava consigo. Beijou-a suavemente e amarrou-a no varal ao lado do *bogolanfini*. Em troca, pegou sua marionete e, na companhia do senhor Bama, voltou para casa com um sorriso novo no rosto.

Epílogo

Dança, dança,
Ô crocodilo,
Dança, dança,
Senhor Bama.
Conta para esta criança
A lenda do Djoliba.

Aminata cantava baixinho para o pequeno pedaço de gente que dormia em seu colo enquanto Nielê descansava. O bebê era uma linda menina e todos estavam felizes. O mais incrível é que Kafará ia oferecer um banquete para festejar seu nascimento, quem diria? Amadu e Nakuntê seriam os convidados de honra! Teria sido a magia do *bogolanfini*? Talvez.

Parecia também que a marionete tinha reencontrado seu dono e Aminata, a menina tagarela, já entendia que algumas histórias não precisavam de palavras para serem contadas, só de um pouco de silêncio para deixar germinar os segredos, feito sementes de algodão...

GLOSSÁRIO em Português

Carité (*Vitellaria paradoxa*): árvore das savanas da África Ocidental. É considerada sagrada e pode viver até 300 anos. Apesar de protegida, está ameaçada de extinção devido às queimadas. Com as castanhas dessa árvore, as mulheres produzem a manteiga de carité, uma gordura vegetal de alta qualidade, usada tanto na alimentação como na cosmética.

Concessão: pequena propriedade onde coabitam várias gerações da mesma família. É formada por diversas casinhas construídas com adobe (tijolos de argila crua misturada com palha), cobertas com sapê ou folhas de palmeira e cercadas por um muro que abriga os moradores e seus animais. A cada dez anos, tudo é refeito na ocasião de um mutirão.

Fuso: bobina alongada onde o algodão fiado e retorcido vai sendo enrolado.

Lançadeira: peça do tear que guia o fio da trama entre os fios da urdidura.

Milhete ou milheto (*Pennisetum glaucum*): cereal com pequenas sementes redondas. É consumido diariamente sob forma de farinha ou mingau. Também pode ser fermentado para fazer cerveja.

Polia: no tear tradicional africano, pequena peça de madeira, geralmente esculpida, com uma parte cilíndrica sobre a qual se movimenta um cordão cujas extremidades, presas a cada pé do tecelão, levantam e abaixam os fios da urdidura a cada passada do fio de trama.

Sorgo (*Sorghum bicolor*): cereal cultivado em áreas muito quentes e secas. Consumido na alimentação humana e animal. Sua farinha é usada para fazer uma papa muito apreciada, chamada *tô* no Mali.

POLIAS

GLOSSÁRIO em *Bamanankan*

Akabon: o grande.

Bama: crocodilo. Animal poderoso na cultura *Bamana*, que aparece nas lendas, nos cantos e em provérbios como este: "Por mais tempo que um tronco fique na água, ele nunca será um crocodilo".

Bamana: aquele que não é convertido ao Islamismo e pratica o culto do *boliw* (um objeto ritualístico herdado dos ancestrais). A comunicação com o mundo dos espíritos é feita por meio de dançarinos mascarados, como os *ciwara*. Chamados pelos seus vizinhos e depois pelos colonizadores franceses de "Bambara", os *Bamana* pertencem ao grupo linguístico Mandê e vivem na África

CIWARA

As máscaras *ciwara* representam um casal de antílopes, animais que para os *Bamana* simbolizam o trabalho incansável nos campos. Somente os melhores agricultores têm o privilégio de vesti-las. Os mascarados *ciwara* dançam durante os rituais de fertilidade, para pedir boas colheitas.

Ocidental, sobretudo no Mali, mas também na Guiné, no Burkina Faso e no Senegal. São tradicionalmente agricultores.

Bamanankan: língua falada pelos *Bamana*.

Bogolan: *Bogo* significa "argila, lama, terra" e o sufixo *-lan* quer dizer "feito com". O *bogolan* é a técnica usada tradicionalmente para pintar tecidos de algodão com uma lama escura rica em óxidos de ferro e compostos orgânicos, encontrada na região do rio Níger.

Bogolanfini: de *Bogolan* (a técnica de pintura) e *Fini* (o pano), é o tecido pintado com a técnica do *bogolan*.

Djoliba: o nome que os *Bamana* dão ao rio Níger. Vem de *Djoli*, "o sangue", e *Ba*, "o rio". Dizem que suas águas avermelhadas são como o sangue para o corpo. O rio, que nasce na fronteira da Guiné com a Serra Leoa, toma a direção do norte-nordeste para irrigar o Mali, de Bamako a Timbuktu, quando encontra o deserto do Saara. Vira então para o sudeste, atravessa o Níger (país), beira a fronteira do Benin, e finalmente, deságua no litoral da Nigéria. Por atravessar muitas regiões áridas, o rio sustenta a vida de milhões de pessoas e animais. Seu nível mais baixo ocorre em junho, durante a estação seca, e o mais alto ocorre em janeiro, em meio à estação úmida.

Jiné: gênio, ser sobrenatural.

Kulukulu: galinheiro.

Ngalama: planta medicinal com propriedades antibióticas, que ajuda os ferimentos a sarar mais depressa e dá ao algodão uma bela cor amarela. Ela tem também a característica de fixar sobre o algodão a cor preta da lama usada para pintar *bogolan*.

BOGOLANFINI

A ARTE DO *BOGOLAN*

O *bogolan* é originário do Mali. Dizem que é muito antigo e que foi inventado pelas mulheres do grupo Mandê. A partir de 1970, vários jovens estilistas africanos começaram a apresentar o *bogolan* em suas coleções. Foi um sucesso internacional. Hoje, está presente nas passarelas, em roupas, acessórios e até tênis. A indústria da moda e o artesanato para turistas trouxeram novos métodos de estamparia, mais rápidos e baratos.

Porém, ainda hoje, mulheres *Bamana* confeccionam *bogolanfini* tradicionais. Empregando uma mistura de algodão, plantas medicinais, lama e signos misteriosos, elas criam um tecido que tem a reputação de proteger quem vai usá-lo. São necessárias várias etapas para a confecção de um *bogolanfini*:

1) Imersão do tecido de algodão cru em uma infusão de *ngalama* que vai ajudar a fixar os desenhos que serão feitos depois com a lama. O pano é posto para secar e vai se tornando amarelo.
2) Os motivos da pintura são escolhidos. O *bogolanfini* tradicional

é usado enrolado no corpo, cobrindo a mulher da cintura aos tornozelos. Por isso, ele é dividido em várias áreas, como a parte central, as duas beiradas laterais (sendo que uma aparece e a outra fica escondida) e a borda inferior que fica próxima ao chão. Para cada parte, diferentes categorias de motivos são utilizadas.

3) A pintura é iniciada pelas beiradas. Com ferramentas simples (do tipo espátula de madeira ou metal), a tinta de lama é aplicada sobre o espaço negativo em volta de cada desenho. No final, cada motivo aparece cercado por um fundo preto. Essa técnica é muito trabalhosa e demorada, já que a maior parte do tecido necessita ser paciente e precisamente recoberta com lama. Uma vez que o pano seca, ele é lavado para tirar o excesso de tinta.

4) O tecido é repintado uma segunda vez com a tinta de lama, para garantir uma cor de fundo bem escura. Após a secagem, ele é lavado e colocado numa solução com plantas que ajudam a fixar definitivamente os pigmentos.

5) Finalmente, cada motivo (que não entrou em contato com a lama e permaneceu amarelo) é pintado com uma solução de soda cáustica para ficar branco e se destacar sobre o fundo escuro.

Decodificando segredos...

No passado, o conhecimento tradicional *Bamana* era transmitido oralmente. Não existia escrita alfabética. Porém, pelos desenhos estilizados, as pintoras de *bogolan* preservaram a cultura *Bamana* em seus tecidos. As crenças espirituais, o convívio com a natureza, os aspectos da vida cotidiana, a guerra contra os colonizadores, tudo está "escrito" em vestes de algodão feitas para cobrir os corpos e que hoje cobrem as paredes dos museus no mundo inteiro.

Para quem quiser aprender a "ler" um *bogolanfini*, eis uma lista de alguns motivos tradicionais:

1) **Crocodilo:** chamado de mestre das águas, na cultura *Bamana*, o crocodilo é considerado um gênio protetor da aldeia.

2) **Amendoim:** o motivo, geralmente desenhado nas beiradas do tecido, remete a um cinto de contas usado pelas mulheres debaixo de suas roupas.

3) **Dentes do marido ciumento.**

4) **Tambor de guerra:** usado para chamar os guerreiros ao combate, somente os mais corajosos o escutam sem tremer.

5) **Caminho do homem que não paga suas dívidas:** a linha sinuosa representa os desvios na volta para casa daquele que precisa evitar seus credores.

6) **Pata da tartaruga.**

7) **Antigo amuleto:** para atrair a proteção.

8) **Pegadas da pombinha.**

9) **Ossos da serpente.**

10) **Pele da pantera.**

11) **Fundo da cesta:** lembra um cesto de malha, utilizado tanto para carregar pertences como para pescar.

12) **Flor do cabaceiro:** planta muito útil, cujos frutos secos (as cuias ou cabaças) são usados para carregar água e constituem um presente tradicional de casamento para a noiva.
13) **Proteção da família:** o círculo representa a casa, e o ponto, a família unida sentada em seu interior.
14) **Motivo decorativo.**
15) **Travesseiro de moura:** símbolo de riqueza, evoca a mulher que pode descansar em vez de trabalhar.
16) **Cotovelo de iguana:** símbolo de boa sorte. Dizem que a iguana ajuda o caçador a encontrar água.
17) **Flor.**
18) **Cinto do bravo guerreiro:** significa coragem.
19) **Marcas deixadas pelos cascos da cabra.**
20) **Pescoço de Koumi Diosse:** homenagem a um chefe *Bamana* que lutou heroicamente contra a colonização francesa no final do século XIX, conhecido pelo longo pescoço.

MATÉ (Marie-Thérèse Kowalczyk) nasceu na França, na cidade de Saint-Étienne, em 1959. Veio para o Brasil com 20 anos e desde então reside em Lorena, no estado de São Paulo. Artista plástica autodidata e aquarelista premiada com o 1º lugar do Mapa Cultural Paulista/1999, é pesquisadora da arte dos povos indígenas e africanos há mais de 30 anos. Maté formou-se em *Design* em 2001 pela Fatea de Lorena, onde concluiu em 2003 uma especialização em Arte Contemporânea. Após lecionar por oito anos nos cursos de *Design* e Educação Artística da Fatea, ela se dedica atualmente a escrever e ilustrar livros infantojuvenis.

Aminata, a tagarela é seu 16º trabalho publicado como autora e/ou ilustradora e sua 10ª parceria com a editora Brinque-Book/Escarlate. Seus livros já foram premiados várias vezes com o selo Altamente Recomendável da FNLIJ, a Fundação Nacional do Livro Infantil e Juvenil.

Mais informações em:
http://caleidoscopiodamateh.blogspot.com.br/

Leia também:

Referências Bibliográficas

COLLEYN, Jean-Paul. "Images, signes, fétiches. À propos de l'art bamana (Mali)". In: *Cahiers d'études africaines* 3/ 2009, n. 195, p. 733-746.

DARD, Jean. *Dictionnaire français-wolof et français-bambara: suivi du dictionnaire wolof-français* (Google e-Livro). Imprimerie Royale, 1825.

DUPONCHEL Pauline. "Peinture à la terre, bògòlan du Mali". In: *Journal des africanistes.* 1999, tomo 69 fascículo 1. *Des o*bjets et leurs musées. pp. 223-238.

FALGAYRETTES-LEVEAU, Christiane (Org.). Catálogo da exposição ANIMAL no Museu Dapper, Paris (11/10/2007 a 20/07/2008).

MURRAY, Jocelyn. *África, o despertar de um continente*. Coleção Grandes Civilizações do passado. Ediciones FOLIO: Barcelona, 2008.

SMITHSONIAN National Museum of Natural History. Disponível em: http://www.mnh.si.edu/africanvoices/mudcloth/index_flash.html